樂中國系列

廣陵散

堯立 著繪

中華教育

三國末年，曹魏有一位遠近聞名的文學家、音樂家，
名叫嵇（普jī|粵溪）康。
嵇康嚮往自然，桀驁不馴，敢於說出和大家不同的想法。
他曾說：「君子選擇不同的道路，卻可以到達相同的目的地；
各自順從自己的本性做事，同樣可以獲得內心的安寧。」
他還非常擅長彈琴，一曲《廣陵散》令天下文士傾倒。

嵇康的才華和學識在士人學子當中聲望極高，朝廷也多次邀他做官，但他不喜歡受到約束，寧願做一名隱士，靠打鐵補貼清貧的生活。

儘管嵇康遠離是非，
可他過人的才華和不與權勢合作的態度，
還是招來小人嫉恨，掌權者不滿。
最終，嵇康被誣陷下獄，判處死刑。

刑場上，

敬仰嵇康的三千學子向朝廷請願赦免他，

並要求拜他為師學習琴曲《廣陵散》。

監斬官迫於民意，為嵇康遞琴。

嵇康於是調整琴弦，最後一次彈奏起琴曲《廣陵散》。

嵇康輕撫琴弦，神祕的樂音緩緩展開，
彷彿在向世人低訴曲中英雄——
戰國俠士聶政的隱忍與不屈。
隨着嵇康從容地彈奏起這首琴曲，
那個久遠的故事彷彿又歷歷在目……

聶政的父親是一位鑄劍師，
只因延誤鑄劍工期，便被韓王殘忍殺害。

年幼的聶政與姐姐逃到鄰國，躲進山中。他們遇到一位能彈琴引鳳、揮劍降虎的世外高人。

聶政立志為父報仇，於是拜高人為師，刻苦練習劍術、琴藝。

十年過去，聶政長大成人，
練成琴、劍兩門絕技。
復仇的計劃也已經在他心中
謀劃過千百回。

姐姐嫁人之後，聶政心中了無牽掛，

於是拜別師父，返回韓國，決心報仇。

聶政回到韓國，每天在鬧市中彈琴。

他出神入化的琴藝不僅使行人止步，

連牛馬都停下來傾聽。

很快，韓王便召聶政進宮演奏。

苦心謀劃的時機終於到來，聶政絕不能錯失。

他趁韓王專注聽琴，從琴腹中抽出短劍，一舉刺殺韓王。

那一剎那，就像耀眼的白虹射透太陽。

見韓王被殺，兩旁侍衞將聶政重重圍住。

聶政大喝，殺退圍剿的士卒。

嵇康彈奏到這時，錚錚的琴聲就像烈風捲積着疾雨而來，
讓聽眾們彷彿回到數百年前那刀劍縱橫的一幕。
曲中英勇的聶政與刑場上大義凜然的嵇康也已經合二為一。

聶政終究寡不敵眾，沒能殺出重圍。

為了不連累親友，他自毀面容，舉劍自盡。

一呼百諾的韓王被無名刺客刺殺在禁宮裏，消息一出轟動天下。
聶政的屍首被扔在街上示眾。
朝廷以百金懸賞能認出刺客身份的人，
但是聶政面目盡毀，沒有人認得他是誰。

聶政的姐姐聽說韓王被刺，疑心是弟弟做的，於是千里赴險，回到韓國。

她認出弟弟的屍身，便抱住大喊：「殺死暴君韓王的，是我弟弟聶政。

聶政因不願連累我，而自毀面目，我又怎能貪生怕死，讓他做一個無名刺客！」

說罷叫天三聲，心碎而死。

曲中故事落幕。

刑場上嵇康那悲昂壯烈的樂音依舊迴響於蒼穹，

無盡感慨在琴弦間震盪，令天地變色，神鬼落淚，

聽到的人都為嵇康的彈奏所動容。

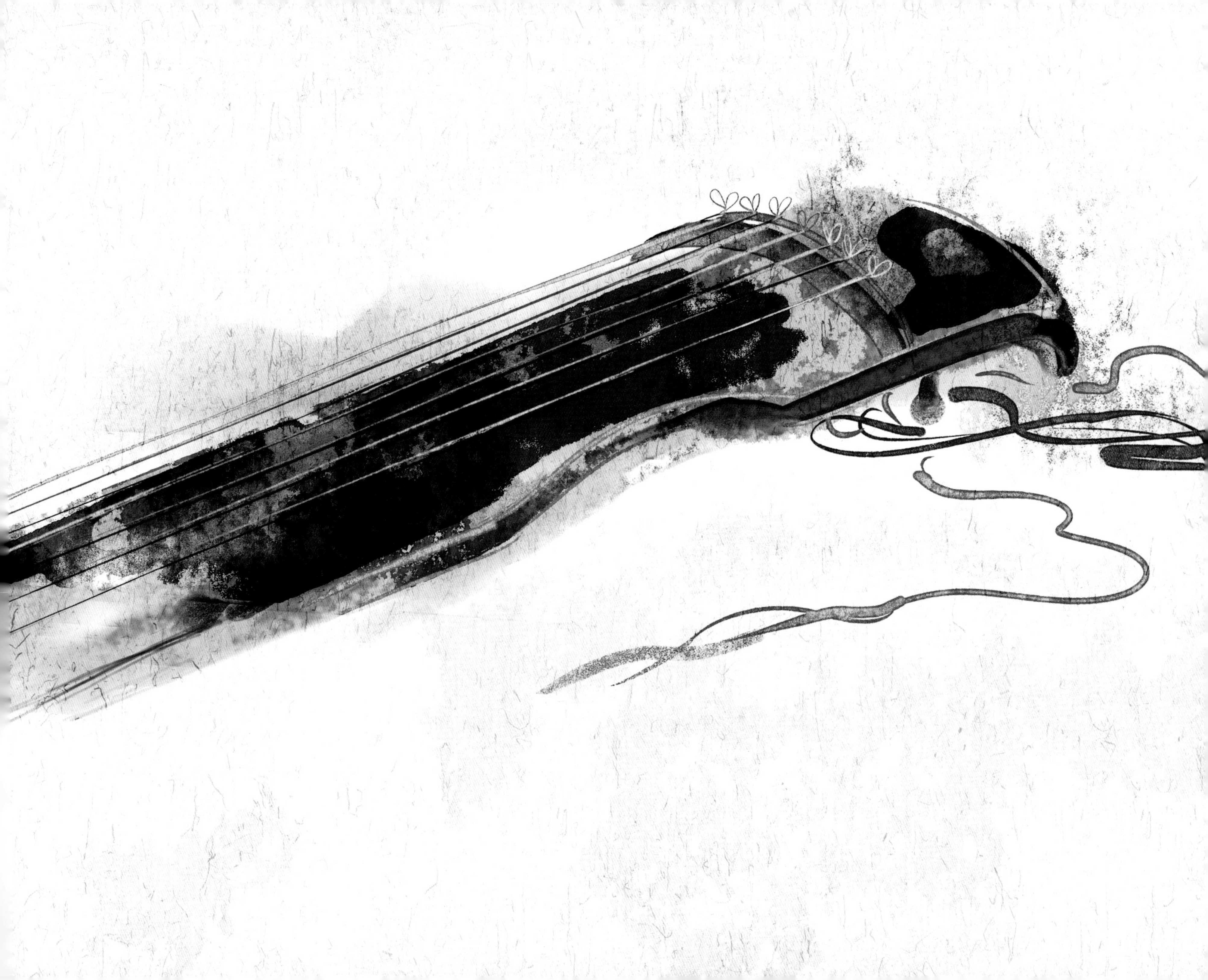

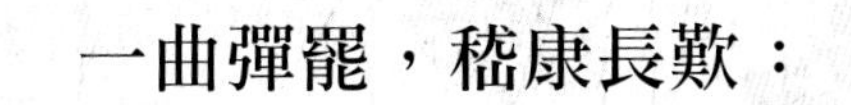

一曲彈罷，嵇康長歎：

「從前有人想跟我學習這首曲子，我總是不答應。現在，《廣陵散》從此絕響！」

說完，嵇康從容就死。

萬里長空，聚起沉沉烏雲，天下有識之士，都為嵇康的死痛惜不已。

時光流逝，《廣陵散》並沒有因為嵇康的死成為絕唱，
而是承載着人們捍衛正義與自由的精神力量流傳至今，
成為中華民族永遠的音樂經典。

番外

多年前，嵇康遊歷洛西時，曾投宿在華陽亭。

那天夜晚月色皎潔，萬籟俱靜。

嵇康趁着夜色彈起琴來。忽然，憑空傳來一聲喝采。

這聲音來得蹊蹺，嵇康卻毫不膽怯，並且請神祕來人現身相見。

黑暗處果然出現一個人，自稱是古人。那古人也彈了一首曲子。

嵇康聽得如痴如醉，只覺這曲子聲調絕倫、世間難有，

不由讚歎：「這樣的慷慨悲昂，真是曲中丈夫！」

神祕人把這首曲子教給了嵇康，並要求他不要輕易示人。

後來，嵇康將古人的贈曲彈得出神入化，名揚天下。

這首曲子就是《廣陵散》。

嵇康與「竹林七賢」

「竹林七賢」指的是三國魏正始年間(240—249年)，嵇康、阮籍、山濤、向秀、劉伶、王戎及阮咸七位名士。傳説七人為了躲避殘酷的政治鬥爭，退隱山野，常常在山陽縣(今河南輝縣一帶)竹林中，喝酒、縱歌，肆意酣暢，所以後世稱他們為「竹林七賢」。

嵇康是「竹林七賢」的精神領袖，是一位傑出的文學家、思想家、音樂家。他文風清奇，見解獨到，著有《養生論》等傳世名篇。而他的《琴賦》《聲無哀樂論》也成為中國音樂史論中的重要文獻，另有琴曲《長清》《短清》《長側》和《短側》傳世。作為演奏家，嵇康的《廣陵散》曾冠絕一時。音樂史家將他與阮籍並稱為「嵇琴阮嘯」。才學出眾的同時，嵇康的思想和人格在當時更是獨樹一幟。

嵇康追求精神的自由與自然。為了保持獨立健全的人格，他拒絕與權勢合作。所以，當他的朋友山濤向朝廷推薦他做官時，他毅然決然地與山濤絕交，並寫了文化史上著名的《與山巨源絕交書》，以明心志。

不幸的是，他反經典、任自由的大膽主張和清高耿直的性格令朝廷不滿、小人記恨，最終招致禍端。262年，掌權者司馬昭下令將嵇康處以死刑。嵇康「顧日影而彈琴」，在刑場上彈完一曲《廣陵散》後，從容赴死，時年僅四十歲。

士為知己者死

繪本《廣陵散》所講述的「聶政刺韓王」的故事，改編自東漢蔡邕所著《琴操》中的篇章，而蔡邕的記述源自史書中「聶政刺韓相」的記載。蔡邕在歷史原型的基礎上融合了其他刺客故事的情節，並做了大膽演繹。因他創作的成功，「聶政刺韓王」成為經典，被後世喜愛琴文化的人們代代相傳。而史書中記載的「聶政刺韓相」的故事也同樣令人感觸。

歷史上的聶政是戰國時期著名的俠士，因身負命案，只得帶着母親和姐姐隱身齊國市井，以屠狗為業。

韓國的貴族嚴仲子慕名與聶政結交，希望聶政接受他的友誼和厚禮，並有意請聶政替自己殺死政敵——韓相俠累。聶政那時尚有年老的母親在堂，要承擔奉養的責任，不能輕言生死，因而只接受了嚴仲子的友誼，沒有收下黃金。嚴仲子並不因此改變態度，仍然與聶政保持朋友間的禮儀。

聶政感念嚴仲子不計較地位的差異，給予自己友誼與器重。在母親去世、姐姐出嫁後，他決定用生命回報嚴仲子的相知。也就在此時，聶政對嚴仲子說出了那句著名的「士為知己者死」。

聶政不要嚴仲子一兵一卒，孤身一人直闖相府，將權臣俠累刺殺在守衛森嚴的府邸中。左右護衛一時混亂，聶政大喝着擊殺了幾十人。為了圓滿完成自己的使命，不牽連嚴仲子，聶政自毀面容，剜目、剖腹而死。後來，聶政的姐姐聶榮不忍看弟弟死而無名，便冒死認屍，叫天三聲，當場悲痛而亡。

知識拓展

天下諸侯聽聞這個消息，都感歎：不單聶政英勇，就連他姐姐的剛烈也令人欽佩！聶政之所以名垂後世，就是因為聶榮不惜被牽連受刑，也要揚顯弟弟的名聲。而「士為知己者死」的說法也被聶政的故事詮釋得淋漓盡致。

天籟之音，曲中丈夫

「廣陵」是揚州的古稱，「散」意同「操」，即樂曲的意思。《廣陵散》是一首流行於古代廣陵地區的大型琴曲，名列十大琴曲之一。它萌芽於秦漢時期，魏晉時期逐漸成形定稿。隨後曾一度流失。今天所能見到的《廣陵散》曲譜，最早見於明朝朱權編印的《神奇祕譜》(1425年)。譜中有關於「刺韓」「衝冠」「長虹」「烈婦」「揚名」等內容的分段小標題，所以琴曲家通常把《廣陵散》與《聶政刺韓王曲》看作是異名同曲。

《廣陵散》是中國古代琴曲中非常獨特的一首大曲，曲子結構複雜，共有四十五段，分為六大部分。六部分中正聲是全曲的主體部分，主題音調充分展現，音樂由低沉憂鬱發展到豪邁激昂，採用了撥刺、撮音、泛音等演奏手法，描寫聶政由怨恨到憤慨的思想變化過程。開指、小序、大序等部分是正聲的醞釀準備階段，在音樂上出現了兩個主題音調的雛形，旋律哀婉低歎，表現了對聶政悲慘遭遇的同情。亂聲、後序是正聲的發展延續，音樂進一步展開，表現對聶政不屈精神的歌頌。

《廣陵散》的旋律激昂、壯麗，古人以「紛披燦爛，戈矛縱橫」「佛鬱慷慨」，來形容它精湛的編曲造詣、傳神的表現力和強大的感染力，將它譽為「天籟之音」；而且它還是我國現存古琴曲中唯一具有殺伐戰鬥氣氛，帶有英雄主義色彩的樂曲。而隨着歷史的推進，蔡邕《琴操》版「聶政刺韓」對曲意的重新演繹以及之後與嵇康精神的融合，使樂曲又被賦予了反抗暴政的更深層次內涵，堪稱「曲中丈夫」，兼具了高超的藝術性和深刻的思想性。

作者介紹

堯立

插畫師。畢業於清華大學美術學院中國畫專業。
曾為《讀者・鄉土人文》《兒童文學》等雜誌，
及《浮生六記》《新獵物者》系列等暢銷小說繪製內插及封面。
繪本作品有《梅花三弄》《吉星傳說》《我的老師》。
曾獲第三屆《兒童文學》金近獎最佳插畫獎，
2018 年冰心兒童圖書獎等多種獎項。

樂中國系列

廣陵散

堯　立 / 著繪

責任編輯：劉萄諾
裝幀設計：鄧佩儀
排　　版：鄧佩儀
印　　務：劉漢舉

出版 | 中華教育
香港北角英皇道 499 號北角工業大廈 1 樓 B 室
電話：(852) 2137 2338 傳真：(852) 2713 8202
電子郵件：info@chunghwabook.com.hk
網址：http://www.chunghwabook.com.hk

發行 | 香港聯合書刊物流有限公司
香港新界荃灣德士古道 220-248 號 荃灣工業中心 16 樓
電話：（852）2150 2100　傳真：（852）2407 3062
電子郵件：info@suplogistics.com.hk

印刷 | 美雅印刷製本有限公司
香港觀塘榮業街 6 號海濱工業大廈 4 字樓 A 室

版次 | 2022 年 10 月第 1 版第 1 次印刷

規格 | 16 開（285mm x 215mm）

ISBN | 978-988-8808-21-2